La señorita Runfio

Texto e ilustraciones de BARBARA COONEY
Traducción de Phoebe Ann Porter

PUFFIN BOOKS

PUFFIN BOOKS
Published by the Penguin Group
Penguin Books USA Inc., 375 Hudson Street, New York, New York 10014, U.S.A.
Penguin Books Ltd, 27 Wrights Lane, London W8 5TZ, England
Penguin Books Australia Ltd, Ringwood, Victoria, Australia
Penguin Books Canada Ltd, 10 Alcorn Avenue, Toronto, Ontario, Canada M4V 3B2
Penguin Books (N.Z.) Ltd, 182-190 Wairau Road, Auckland 10, New Zealand

Penguin Books Ltd, Registered Offices: Harmondsworth, Middlesex, England

First published in English under the title Miss Rumphius by Viking, a division of Penguin Books USA Inc., 1982
This Spanish translation first published by Viking, a division of Penguin Books USA Inc., 1996
Published in Puffin Books, 1997

7 9 10 8

THE LIBRARY OF CONGRESS HAS CATALOGED THE ENGLISH EDITION AS FOLLOWS:
Cooney, Barbara. Miss Rumphius
Summary: Great-aunt Alice Rumphius was once a little girl who loved the sea,
longed to visit faraway places, and wished to do something to make the world more beautiful.
[Aunts—Fiction] I. Title.
PZ7.C783Mi [E] 82-2837
ISBN 0-670-47958-6

Puffin Books ISBN 978-0-14-056231-6

Manufactured in China

A San Nicolás, santo patrono de los niños,
los marineros y las doncellas.

La Mujer de los Lupinos vive en una casita frente al mar. Entre las rocas que rodean su casa crecen flores azules, purpúreas, y rosadas. La Mujer de los Lupinos es pequeña y vieja. Pero no siempre ha sido así. Yo lo sé. Es mi tía abuela, y ella me lo dijo.

Hace mucho tiempo ella era una niña llamada Alicia que vivía en una ciudad junto al mar. Desde el portal podía ver los muelles y los mástiles de los buques. Muchos años antes su abuelo había venido a América en un gran barco de vela.

Ahora el abuelo trabajaba en el taller en el sótano de la casa, haciendo mascarones de proa y tallando indios de madera para poner enfrente de las tabaquerías. El abuelo de Alicia era artista. También pintaba cuadros de barcos de vela y de sitios ultramarinos. Cuando tenía mucho trabajo, Alicia le ayudaba pintando los cielos.

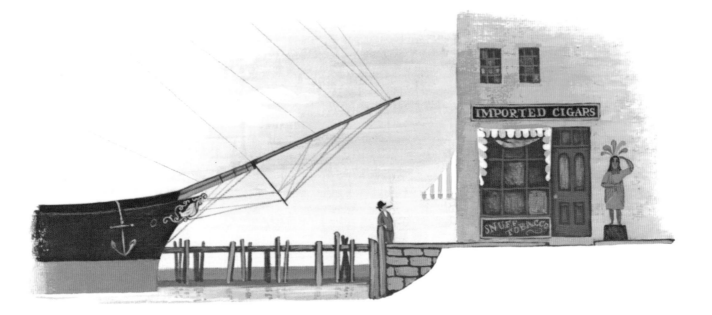

Por las noches, Alicia se sentaba en las rodillas del abuelo y escuchaba sus historias de tierras lejanas. Cuando el terminaba de contar, Alicia le decía:

—Cuando crezca, yo también iré a tierras lejanas. Y cuando me ponga vieja, también viviré a orillas del mar.

—Todo eso está muy bien, pequeña Alicia —le dijo el abuelo—, pero hay otra cosa que debes hacer.

—¿Y qué es, abuelo? —le preguntó Alicia.

—Tienes que hacer algo para embellecer el mundo —le contestó el abuelo.

—Está bien —respondió Alicia. Pero no sabía lo que eso podría ser.

Mientras tanto, Alicia se levantaba por la mañana, se lavaba la cara y comía gachas de avena para el desayuno. Iba a la escuela, volvía a casa y hacía su tarea.

Y en poco tiempo se hizo mayor.

Entonces mi tía abuela Alicia se propuso cumplir las tres cosas que le había dicho al abuelo que iba a hacer. Primero, dejó la casa de sus padres y se fue a vivir en otra ciudad lejos del mar y de los aires marítimos. Allí trabajó en una biblioteca, quitando polvo de los libros, poniéndolos en orden, y ayudando a la gente a encontrar los que buscaban. Algunos de los libros trataban de tierras lejanas.

Ahora la llamaban "señorita Runfio".

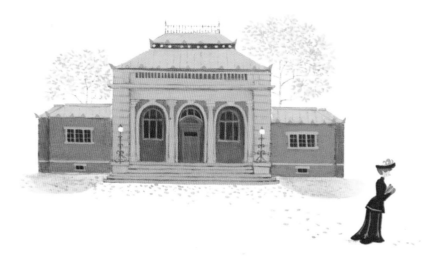

A veces iba al invernadero que estaba en el centro del parque. Al entrar allí en un día de invierno, el aire cálido y húmedo la envolvió, y sintió el perfume de los jazmines.

—Esto es casi como una isla tropical —dijo la señorita Runfio—. Pero no es exactamente lo mismo.

Entonces, la señorita Runfio fue a una verdadera isla tropical, donde la gente tenía cacatúas y monos como animales domésticos. Caminó por las largas playas recogiendo hermosos caracoles. Un día conoció al Bapa Raja, jefe de un pueblo de pescadores.

—Estará cansada —le dijo él—. Entre en mi casa para descansar.

La señorita Runfio entró y conoció a la esposa del Bapa Raja. El Bapa Raja mismo fue a buscar un coco y lo cortó para que la señorita Runfio pudiera beber el agua que había adentro. Antes de que ella se fuera, el Bapa Raja le regaló una bella concha de madreperla en la que había pintado un ave del paraíso y las palabras: *Siempre la llevaré en mi corazón.*

—Y yo siempre lo llevaré a usted en el mío —le dijo la señorita Runfio.

Mi tía abuela, la señorita Alicia Runfio, escaló altas montañas donde la nieve nunca se derretía. Atravesó junglas y cruzó desiertos. Vio jugar a los leones, y saltar a los canguros. En todas partes hizo amigos a quienes nunca olvidaría. Por fin llegó a la Tierra de los Lotófagos, y allí, al bajarse de un camello, se lastimó la espalda.

—¡Cómo pude ser tan descuidada! —exclamó la señorita Runfio—. Bueno, por cierto he visto tierras lejanas. Quizá sea hora de buscar mi casa al lado del mar.

Y realmente era hora, y así lo hizo.

Desde el porche de su nueva casa la señorita Runfio miraba la salida del sol; lo veía cruzar los cielos y brillar sobre el agua; y lo veía ponerse en todo su esplendor por la tarde. Empezó a cultivar un jardín pequeño entre las rocas que rodeaban su casa, y plantó algunas semillas de flores en la tierra pedregosa. La señorita Runfio era *casi* completamente feliz.

"Pero todavía me queda una cosa por hacer," se dijo. "Tengo que hacer algo para embellecer el mundo".

Pero ¿qué podía hacer? "El mundo ya es muy bello", pensó, mirando el mar.

En la primavera siguiente la señorita Runfio no se sintió muy bien. Le dolía la espalda de nuevo, y tuvo que guardar cama la mayor parte del tiempo.

Las flores que había plantado el verano anterior habían crecido y florecido a pesar de la tierra pedregosa. Las podía ver desde la ventana de su habitación: azules, purpúreas y rosadas.

—Lupinos —dijo con satisfacción la señorita Runfio—. Siempre han sido mis flores favoritas. Me gustaría plantar más semillas este verano para tener aún más flores el año que viene.

Pero no pudo cumplir su deseo.

Después de un invierno severo, llegó la primavera. La señorita Runfio se sentía mucho mejor. Ahora podía dar paseos otra vez. Una tarde subío una colina donde no había estado en mucho tiempo.

—¡No puedo dar crédito a mis ojos! —exclamó al llegar a la cima. Allá, al otro lado de la colina, había un extenso manto de lupinos azules, purpúreos, y rosados.

—¡El viento! —dijo al arrodillarse con gran regocijo—. ¡Fue el viento el que trajo las semillas de mi jardín hasta aquí! ¡Y los pájaros habrán ayudado también!

Entonces la señorita Runfio tuvo una idea maravillosa.

Regresó con prisa a su casa y sacó sus catálogos de semillas. De las mejores casas de semillas encargó cinco sacos grandes de semillas de lupinos.

Durante todo el verano la señorita Runfio, con los bolsillos llenos de semillas, anduvo por los campos y los promontorios sembrando lupinos. Esparció semillas por las carreteras y por los caminos del campo. Arrojó puñados alrededor de la escuela y por detrás de la iglesia. Las tiró en las hondonadas y por las murallas de piedra.

Ya no volvió a dolerle la espalda.

Ahora algunas personas la llamaban "Esa Vieja Loca".

Durante la primavera siguiente aparecieron lupinos por todas partes. Los campos y las colinas estaban cubiertos de flores azules, purpúreas y rosadas. Los lupinos florecían por las carreteras y por los caminos del campo. Se extendían en franjas brillantes alrededor de la escuela y por

detrás de la iglesia. Las hermosas flores crecían en las hondonadas y por las murallas de piedra.

La señorita Runfio había cumplido con su tercera promesa, ¡la más difícil de todas!

Mi tía abuela, la señorita Runfio, es ahora muy vieja. Tiene el pelo muy blanco. Cada año aparecen más lupinos. Ahora la llaman "La Mujer de los Lupinos". A veces mis amigos se acercan conmigo a la entrada de su casa, llenos de curiosidad por ver a la mujer que plantó los campos de lupinos. Cuando nos invita a pasar, mis amigos entran lentamente. Creen que es la mujer más vieja del mundo. A menudo nos relata historias de tierras lejanas.

—Cuando crezca —le digo—, yo también iré a tierras lejanas y luego regresaré para vivir a orillas del mar.

—Todo eso está muy bien, pequeña Alicia —dice mi tía abuela—, pero hay otra cosa que debes hacer.

—¿Y qué es, tía? —le pregunto.

—Tienes que hacer algo para embellecer el mundo.

—Está bien —le digo.

Pero todavía no sé lo
que eso podrá ser.

With thanks
to Hilda